AF360199

Vente des Lundi 29 et Mardi 30 Mai 1876

HOTEL DROUOT, SALLE N° 5

A DEUX HEURES

AQUARELLES

DESSINS ET TABLEAUX

PAR

Feu Achille JOYAU

Architecte, grand Prix de Rome

OBJETS D'ART ET ANTIQUITÉS

LIVRES D'ARCHITECTURE

EXPOSITION PUBLIQUE

Le Dimanche 28 Mai 1876, de une heure à cinq heures.

COMMISSAIRE-PRISEUR :

Me MAURICE DELESTRE, rue Drouot, 23.

EXPERTS :

MM. DHIOS et **GEORGE**
rue Le Peletier, 33.

M. A. AUBRY, Libraire
rue Séguier, 18.

PARIS — 1876

CATALOGUE

DES

AQUARELLES

DESSINS ET TABLEAUX

PAR

Feu Achille JOYAU

Architecte, grand Prix de Rome

ŒUVRES PAR DIVERS ARTISTES

OBJETS D'ART ET ANTIQUITÉS

Tapis, Étoffes orientales

LIVRES D'ARCHITECTURE, GRAVURES

Et Mobilier garnissant son Atelier

DONT LA VENTE AURA LIEU

PAR SUITE DE DÉCÈS

HOTEL DROUOT, SALLE N° 5

Les Lundi 29 et Mardi 30 Mai 1876

A DEUX HEURES

Par le ministère de M° **MAURICE DELESTRE**, Commissaire-Priseur,
successeur de M. DELBERGUE-CORMONT, rue Drouot, 23,
Assisté de **MM. DHIOS** et **GEORGE**, Experts, rue Le Peletier, 33,
Et de **M. AUBRY**, Libraire-Expert, rue Séguier, 18.

EXPOSITION PUBLIQUE

Le Dimanche 28 Mai 1876, de une heure à cinq heures.

PARIS — 1876

CONDITIONS DE LA VENTE

—

Elle sera faite au comptant.

Les Acquéreurs paieront CINQ POUR CENT en sus des adjudications.

—

ORDRE DES VACATIONS

—

Le Lundi 29 Mai 1876

Livres, Estampes, Antiquités, Curiosités diverses, Étoffes, Tapis d'Orient et tous les Objets garnissant son atelier.

Le Mardi 30 Mai 1876

OEuvres de M. A. JOYAU, Aquarelles et Peintures, Tableaux par divers artistes.

—

OEUVRES

DE

Feu Achille JOYAU

—

TABLEAUX

1 — La villa Médicis (1866).

2 — Les Tombeaux des califes au Caire.

3 — Athènes, l'Acropole.

4 — Vue de Rome.

5 — Palerme.

6 — Parthénon.

7 — Plusieurs vues des Ruines de Balbeck. Sous ce numéro.

8 — Études de Capri.

9 — Études diverses.

AQUARELLES, DESSINS

ORIENT

10 — Les Ruines de Balbeck. Sous ce numéro seront vendus par unité et par lots, plusieurs aquarelles, dessins et études.

11 — Le Parthénon et l'Érechthéon.

12 — Vues du Caire. Ce lot sera divisé.

13 — Projet de restauration du Temple circulaire (Héliopolis). Trois planches.

14 — Ruines de Palmyre.

15 — Tripoli.

16 — Vue générale de Beyrouth.

17 — Athènes (l'Érechthéon).

18 — Monument de Lisicrate (Athènes).

19 — Deux vues de Nauplie.

20 — Temple de Pestum.

21 — Temple de la Victoire (Athènes).

22 — Pestum.

23 — 34 Feuilles, Vases, Plats et Ornements persans.

ITALIE

24 — Pompéï. — Grande aquarelle : maison dite de la Muraille noire, aujourd'hui disparue.

25 — Pompéï. — Neuf reproductions de peintures murales et mosaïque sur la même feuille.

26 — Pompéï. — Les Ruines. Nombre d'aquarelles sous
ce numéro.

27 — Pompéï. — Peintures murales, décorations d'ap-
partement, la maison d'Ariane, la Fontaine en
mosaïque de la rue de Mercure, et nombre
d'aquarelles sous ce numéro.

28 — Musée de Naples. — Reproductions de bronzes,
vases, terres cuites, fresques, etc.

29 — Cathédrale de Sienne.

30 — Escalier saint à Saint-Benedect (Subiaco).

31 — La Cathédrale d'Orvieto.

32 — Escalier d'un palais à Gênes.

33 — Arc de Trajan (Bénévent).

34 — Palerme (la Chapelle palatine).

35 — Cours du palais ducal (Florence).

36 — Intérieur de la cathédrale de Sienne.

37 — Intérieur de Saint-Marc à Venise.

38 — Vue du Forum (Rome).

39 — Intérieur du Panthéon (Rome).

40 — Portail d'église.

41 — Une Halle.

42 — Vue de Rome (la Trinità dei Monti).

43 — Vues de la campagne à Castel Fusano.

44 — Église de Prato.

45 — Vue de Florence.

46 — Place publique à Pérouse.

47 — Hôpital à Pistoïa.

48 — Rome (le Forum).

49 — Saint-Paul (hors les murs).

50 — Villa du pape Jules II. Trois aquarelles.

51 — Une Rue.

52 — Terracina.

53 — Sous ce numéro, nombre de vues d'Italie.

FRANCE

54 — Maison d'Agnès Sorel (Orléans).

55 — Château de Chenonceau.

56 — Autre Château.

57 — Vue intérieure d'un Cloître.

58 — Vue d'un Château.

59 — Port de mer.

60 — Caen.

61 — Fontainebleau (Porte de la Cour ovale).

62 — Château Renaissance.

63 — Escalier de Chambord.

64 — Cheminées et décorations des châteaux de Blois, Fontainebleau, etc.

65 — Paysages, Bords de la Loire, Vues de France.

66 — Ornements, Détails d'architecture, mosaïques, italienne, Costumes, Calques, Croquis, nombreux Albums, Souvenirs de voyage seront vendus par lots sous ce numéro.

OEUVRES PAR DIVERS ARTISTES

---

67 — **Delaunay** (E.). L'Assomption de la Vierge. Esquisse du tableau exécuté à la chapelle de la Vierge, à l'église de la Trinité (Paris).

68 — **Henner**. Baigneuse.

69 — **Michel** (Ernest). Oreste et les Furies (Esquisse).

70 — **Layraud**. Femme couchée.

71 — **Gibert**. Bords du Nil.

72 — **Merson** (L.-O.). Esquisse.

73 — **Maillot**. Femme italienne (Crayon).

74 — **Boulanger** (G.). Dessin à la mine de plomb.

75 — **Hiolle**. Amphion (Statuette en terre).

GRAVURES ANCIENNES

76 — Plusieurs cartons.

PHOTOGRAPHIES

77 — Plusieurs lots.

ANTIQUITÉS

78 — Marbre antique : Tête de déesse ceinte d'un dia-
dème. Fragment remarquable d'une statue trou-
vée dans les fouilles de Balbeck, faites sous la
direction de M. Joyau.

79 — Vase étrusque à deux anses : Danseurs et Musiciens
sur fond rouge clair.

80 — Vase étrusque à deux anses, de forme élancée, dé-
coré sur la panse d'une tête de femme.

81 — Buire avec goulot à trèfle, décorée de femmes à la
fontaine, en rouge sur fond brun.

82 — Vase à tête de sanglier.

83 — Vase à tête de taureau et tête de femme.

84 — Quantité de petits Vases, Amphores, Buires, Coupes,
Lampes, Flambeaux. (Ce lot sera divisé.)

85 — Fragments antiques, marbres et terres cuites, têtes
de Jupiter, masques, débris de statues, jouets, etc.

CURIOSITÉS DIVERSES

86 — Plusieurs Plaques de Castelli : paysages et sujets de chasse.

87 — Porcelaines de Chine et du Japon.

88 — Faïences italiennes et françaises.

89 — Plat en cuivre repoussé.

90 — Deux Couteaux de Turquie.

91 — Petite Glace avec cadre en bois noir guilloché.

92 — Baiser de paix, bronze italien.

93 — Figurine de guerrier, bronze italien sur socle en marbre.

94 — Petit Buste en cuivre.

95 — Coffre Louis XIII en bois sculpté.

96 — Jardinière ovale en cuivre repoussé.

97 — Six petits Plateaux turcs en cuivre.

98 — Minéraux.

99 — Monnaies, Médailles, Jetons argent et cuivre.

100 — Objets orientaux.

101 — Jeu de tric-trac chinois.

102 — Miroir persan.

103 — Pupitre en mosaïque de bois, travail italien.

104 — Quatre Escabeaux en bois sculpté.

105 — Un Cabinet italien.

106 — Un ancien Tric-trac.

107 — Lampe en cuivre reperçé à jour.

108 — Une Lampe juive en cuivre poli.

109 — Une Lampe juive en cuivre poli.

110 — Un Narghilé.

111 — Deux Coupes en cuivre gravé, travail persan.

112 — Un Plateau turc avec quatorze Porte-Tasses.

113 — Tabouret oriental en marqueterie de nacre.

114 — Autre Tabouret en nacre.

115 — Un Lot de pipes orientales.

116 — Flambeau oriental en cuivre gravé.

117 — Boîte à couvercle et Vase à piédouche en cuivre gravé, travail persan.

TAPIS D'ORIENT

Étoffes, Costumes, Tapisseries

118 — Tapis de Perse et de Smyrne.

119 — Douze Portières orientales.

120 — Tapis de table en drap brodé.

121 — Étoffes orientales, Burnous, Écharpes, Coiffures,
Costumes turcs et grecs ornés de riches broderies, Coussins, etc.

122 — Deux grandes Tapisseries, épisodes de l'histoire romaine.

123 — Matériel garnissant l'atelier, Table à tréteaux, Tabourets, Chevalets, Boîtes à couleurs, Règles, Équerres.

124 — Sièges couverts en étoffes d'Orient.

BIBLIOTHÈQUE

Livres d'architecture, Ouvrages à figures, etc.

125. **Albertolli.** Décorations et Ornements. 1787; 2 vol.
in-fol.

126. **Antonini**. Vases antiques. *Roma*, 1821 ; 3 vol. pet. in-fol.

127. **Baltard.** ¡Paris et ses monuments. In-fol. *Planches.*

128. **Batissier**. Histoire de l'Art monumental.

129. **Bouchet**. Compositions antiques. — Le Laurentin, ens. 2 vol. rel. *Fig.*

130. **Cailliat et Lance**. Encyclopédie d'architecture ; en livraisons.

131. **Daly**. Revue générale de l'Architecture ; 5 vol. in-4.

132. **David**. Antiquités d'Herculanum. *Paris, David,* 1780 ; 10 vol. in-4, veau gran. *Figures.*

133. **Description des fêtes** données par la ville de Paris à l'occasion du mariage de madame Louise-Élisabeth de France et de dom Philippe d'Espagne, en 1739. *Paris,* 1740 ; in-fol. dem.-rel. *Planches.*

134. **Du Camp** (Maxime). Égypte, Nubie, Palestine. — Catacombes de Rome, par L. Perret ; en livr.

135. **Flaxman**. OEuvres diverses ; 3 vol. in-fol. oblong reliés. *Planches au trait.*

136. **Gailhabaud**. L'Architecture du ve au xvie siècle et les arts qui en dépendent ; en livr.

137. **Gailhabaud**. Monuments anciens et modernes. *Paris, Didot,* 1851 ; 4 vol. in-4, dem.-rel. *Fig.*

138. **Grands prix d'architecture**. 3 vol. in-fol.

139. **Herculanum et Pompei**. Texte par Barré, figures de Roux. *Paris, Didot ;* 8 vol. gr. in-8. *Planches.*

140. **Hittorff et Zanth**. Architecture moderne de la Sicile. *Paris,* 1835 ; in-fol. *Planches,*

141. **Journaux de modes**. La Sylphide. — Le Petit Courrier des Dames. — Moniteur de la Mode.

142. **Kraff**. Architecture civile. 1812; in-fol. rel. *Planches*.

143. **Kraff**. Plans, coupes, etc., de la charpente. 1805, in-fol. rel. *Planches*.

144. **Ledoux**. L'Architecture considérée sous le rapport de l'art, des mœurs, etc. *Paris*, 1804; gr. in-fol. veau rac. *Planches* (tome I).

145. **Lenoir**. Statistique monumentale de Paris. 24 livraisons in-fol. *Planches*.

146. **Letarouilly**. Édifices de Rome moderne. Gr. in-fol. dem. rel. maroq. rouge (*au chiffre du roi Louis-Philippe*), tome I.

147. **Mallay**. Essai sur les Églises romanes et romano-byzantines. *Moulins*, 1841; in-fol. *Planches*.

148. **Normand**. Arc de triomphe des Tuileries, in-fol. — Arc de triomphe de l'Étoile, par Thierry. 1845; in-fol. Ens. 2 vol.

149. **Opere dei grandi concorsi** premiate dall' I. R. Academia di Belle Arti in Milano, per le classi di architettura, figura ed ornano. *Milano* 1835; en livr.

150. **Palais de Rome**. In-fol. obl. *Planches*.

151. **Palladio**. Architecture, avec notes de J. Léoni. *La Haye*, 1726; in-fol.

152. **Percier et Fontaine**. Recueil de décorations intérieures. In-fol.

153. **Ponce**. Tableaux et Arabesques. — Bains de Livie. In-fol.

154. **Reynaud**. Traité d'architecture. 1858; 2 vol. in-4 et 1 vol. in-fol. br. *Planches*.

155. **Rondelet**. Art de bâtir. 8 vol. in-4 reliés. — Blouet, Art de bâtir. 2 vol.

156. Serlio. Architecture. *Venise*, 1663; in-fol. — *Vitruve*, in-4 rel., 1535.

157. Vasari (Opere di Giorgio). *Firenze*, 1832; 2 vol. gr. in-8.

158. Viollet-le-Duc. Dictionnaire d'architecture. 10 vol. br. et en livr.

159. Vitruve. Architecture ou Art de bien bâtir. 1547; in-fol.

160. Vitruve. Les Dix livres d'architecture. *Paris*, 1673; in-fol.

161. Environ 150 volumes de divers ouvrages et brochures qui seront vendus en lots au commencement de la vacation.

Vᵉ RENOU, MAULDE et COCK, imprs de la Compagnie des Commissaires-Priseurs, rue de Rivoli, 144.   65518